Sammlung Luchterhand 2019

Ernst Jandl (1925–2000) war stolz darauf, als sein Buch DER KÜNSTLICHE BAUM 1970 als Originalausgabe im Taschenbuch erschien – und er wurde Zeuge einer Entwicklung, die ihn noch mehr erfreute: »Band 9 der Sammlung Luchterhand DER KÜNSTLICHE BAUM war binnen weniger Monate mein weitaus erfolgreichstes Buch … Nun stand für nicht wenige fest, ich sei ein konkreter Poet, ein Ruf, der mir schmeichelte, von dem ich mich aber alsbald zu befreien trachtete.« Über dreißig Jahre nach seinem ersten Erscheinen ist dieses Buch zu beidem geworden: zu einem Klassiker moderner, experimentierfreudiger Poesie und zu einem Klassiker der Poesie überhaupt.

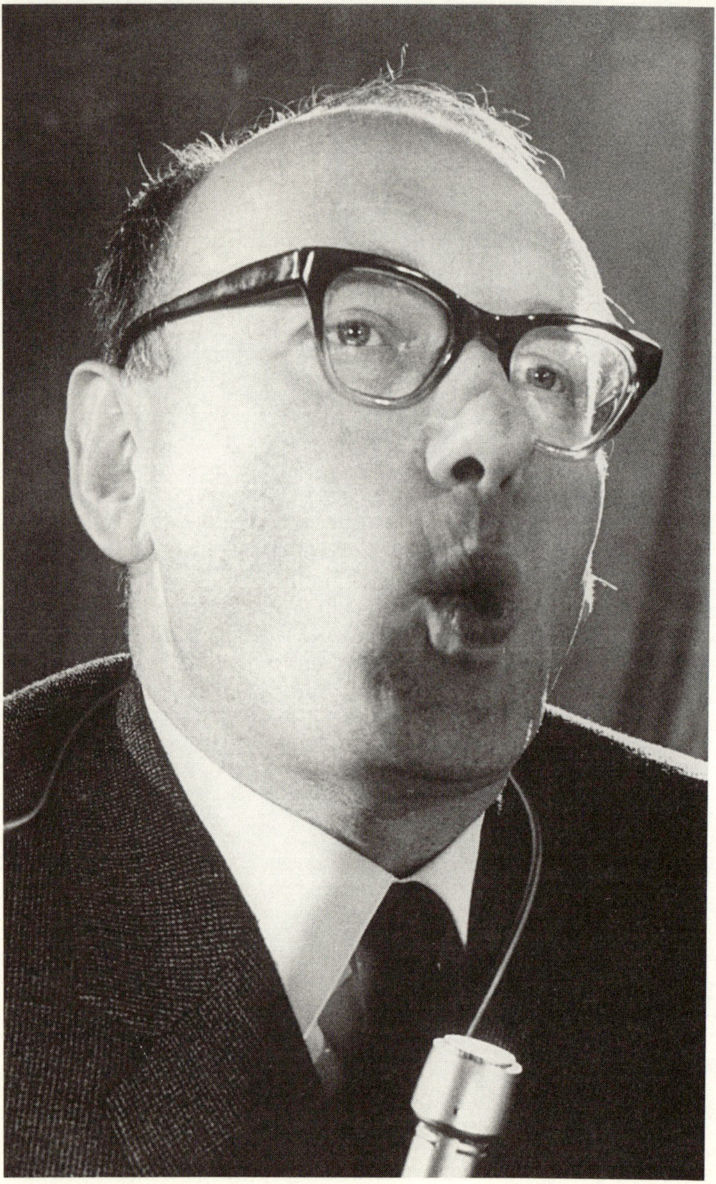

Ernst Jandl

der künstliche baum

Luchterhand

Fotografie Seite 2: Erika Sulzer-Kleinemeier
Umschlagkonzeption und -gestaltung:
R·M·E/Roland Eschlbeck
Druck und Bindung: Ebner, Ulm

ISBN 3-630-62019-1

1 visuelle gedichte

frucht frucht frucht frucht frucht frucht

frucht frucht frucht frucht frucht

frucht frucht frucht frucht

frucht frucht frucht

frucht frucht

fracht
fracht
fracht
fracht
fracht
fracht
fracht
fracht
fracht
fracht
fracht
fracht
fracht
fracht
fracht
fracht
fracht
fracht
fracht
fracht

frucht frucht

frucht frucht frucht

frucht frucht frucht frucht

frucht frucht frucht frucht frucht

frucht frucht frucht frucht frucht frucht

"der künstliche baum"

raupe
r aupe
ra upe
rau pe
raup e
raupe
r aupe
ra upe
rau pe
raup e
raupe
r aupe
ra upe
rau pe
raup e
raupe
r aupe
ra upe
rau pe
raup e
raupe
r aupe
ra upe
rau pe
raup e
raupe
r aupe
ra upe
rau pe
raup e
raupe
r aupe
ra upe
rau pe
raup e
raupe

b r a v o

b r a v o

v o g e l

g e l bravo

v o g e l bravo

b r a v o vogel

b r a v o gelb r a v o

vogel b r a v o

bravo v o g e l

bravo g e l b

v o g e l

b r a v o

b r a v o

charlie's walk

walk) toof
(charlie foot
walk) toof
(charlie foot
walk) toof
(charlie foot
walk) toof
(charlie foot
walk) toof
(charlie foot
walk) toof
(charlie foot
stop) toofoot

für charles chaplin

séance

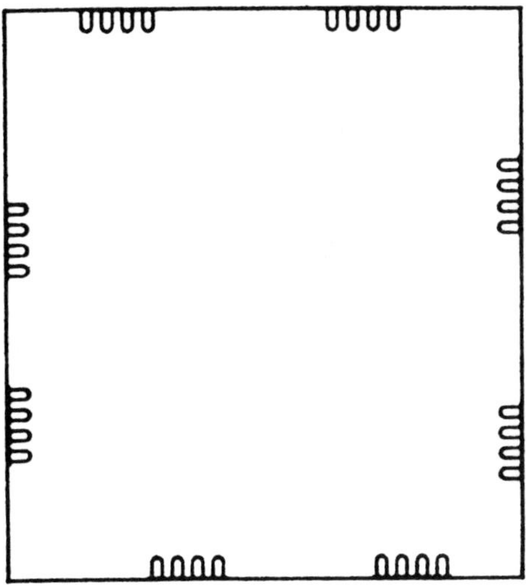

samt samt samtsamen

für oswald wiener

samt
samts
samtsa
samtsam
samtsamt
samt samt
samts samts
samtsa samtsa
samtsam samtsam
samtsamt samtsamt
samt samt samt samt
samts samts samts samts
samtsa samtsa samtsa samtsa
samtsam samtsam samtsam samtsam
samtsamt samtsamt samtsamt samtsamt
samt samt samt samt samt samt samt samt
samts samts samts samts samts samts samts samts
samtsa samtsa samtsa samtsa samtsa samtsa samtsa samtsa
samtsam samtsam samtsam samtsam samtsam samtsam samtsam samtsam
samtsamt samtsamt samtsamt samtsamt samtsamt samtsamt samtsamt samtsamt
samt samt samt samt samt samt samt samt samt samt samt samt samt samt samt samt

wettrennen

er
ers
erst
erste
erster
erst er
erste ers
erster erst
erst er erste
erste ers erster
erster erst erst er
erst er erste erste ers
erste ers erster erster erst
erster erst erst er erst er erste
erst er erste erste ers erste ers erster
erste ers erster erster erst erster erst erst er
erster erst erst er erst er erste erst er erste erste ers
erst er erste erste ers erste ers erster erste ers erster erster erst
erste ers erster erster erst erster erst erst er erster erst erst er erst er erste
erster erst erst er erst er erste erst er erste erste ers erst er erste erste ers erste ers erster

morgen
abend
morgen
abend
morgen
abend
morgen
abend
morgen
abend
morgen
abend
morgen
abend morgen
abendmorgen
abend morgen
morgen
abend
morgen
abend
morgen
abend
morgen
abend
morgen
abend
morgen
abend
morgen
abend
morgen
abend
morgen
abend
morgen
abend
morgen
abend
morgen abend
morgenabend
morgen abend
abend
morgen
abend
morgen
abend
morgen
abend
morgen
abend
morgen
abend
morgen
abend
morgen

streben : eine entwicklung

für eduard reifferscheid

1

ow
o-w
o--w
o---w
o----w
o---w
o--w
o-w
ow
wo
w-o
w--o
w---o
w----o
w---o
w--o
w-o
wo

dort wo?
dort wo?
dort wo?
dort wo?
dort wo?
dort wo?
dort wo
dort wo?
dort wo?
dort wo?
dort wo?
dort wo?
dort wo?

3

dort
dort
dort
dort
dort
dort
dort wo wo wo wo wo wo wo
dort
dort
dort
dort
dort
dort

dort
dort
dort
dort
dort
dort
dort hier
dort
dort
dort
dort
dort
dort

dort hier
dort hier
dort hier
dort hier
dort hier
dort hier
dort hier
dort hier
dort hier
dort hier
dort hier
dort hier
dort hier

5

legende

das fragende wo blickt um sich
das strebende dort schlägt einen stein aus der fragemauer
dem strebenden dort zeigt das wo einen weg
das dort erblickt sein ziel
das zur grösse des strebenden angewachsene ziel.
trägt den strebenden mit sich fort

i
i
i
i
i
i
i
i
i
i
nih l
nih l
nih l
nih l
nih l
nih l
nih l
nih l
nih l
n h l
n hil
n hil
n hil
n hil
n hil
n hil
n hil
n hil
n hil
i
i
i
i
i
i
i
i
i
i

escalator

die nerven
die nerven
die nerven
die nerven
die nerve
die nerv
die ner
die ner
die ner
die ner
die ne
die n
die n
die n
die n
die
die
die
die
 ie n
  e ne
    ner
     er
     er
     er
     er
     erv
    nerv
    nerv
    nerv
    nerv
  e nerve
 ie nerven
die nerven
 ie nerven
  e nerven
    nerven
    nerven
    nerven
    nerven

signal

```
bll  bllbll  bllbll  bll  bllbll

ood  oodood  oodood  ood  oodood

     bllbll  bllbll  bll  bllbll

     oodood  oodood  ood  oodood

     bllbll  bllbll  bll  bll

     oodood  oodood  ood  ood

        bll  bllbll  bll  bll

        ood  oodood  ood  ood

        bll  bllbll  bll

        ood  oodood  ood

             bllbll  bll

             oodood  ood

             bllbll

             oodood

                bll

                ood
```

eine fahne für österreich

rot

ich weiß

rot

alphabet einer macht, mit 3 unbekannten

u.s.a.
u.s.a.
u.s.a.
u.s.a.
u.s.a.
u.s.a.
u.s.a.
u.s.a.
u.s.a.
u.s.a.
u.s.a.
u.s.a.
u.s.a.
u.s.a.
u.s.a.
u.s.a.
u.s.a.
u.s.a.
u.s.a.
u.s.a.
u.s.a.
u.s.a.
usw.
x.
y.
z.

kurskorrektur

ost
notost
ostnotost
notnotost
notost
ost

 s tellvertretend
s t ellver re end
st e llv rtr t nd
ste l vertretend
ste l vertretend
stell v ertretend
st llv e rtr t nd
stellve r t etend
s ellver t re end
stellve t r etend
st llv rtr e t nd
s ellver re t end
st llv rtr t e nd
stellvertrete n d
stellvertreten d

v
erteilung
ve
rteilung
ver
teilung
vert
eilung
verti
ilung
vertil
lung
vertilg
ung
vertilgu
ng
vertilgun
g

r
an
b/a
an
r/n
an
a/c
an
n/u
an
c/s
an u/i
an   s

hommage à brancusi (1)

ja ja
ja ja
ja ja
ja ja
ja
ja ja
ja ja
ja ja
ja ja

(2) »der kuss«

b r
a n
c u
s
i

—b————————r——
a——————n———
—c————————————u
———————————s—
—————i——————

(3) »vogel im raum«

fliegen

fliegen

fliegen

fliegen

fliegen

fliegen

fliegen

fliegen

fliegen

(4)

aaaaaa
aaabaa
aaacaa
aaadaa
aaaeaa
afaeaa
agaeaa
ahaeaa
aiaeaa
ajaeaa
akaeaa
alaeaa
alaeam
alaean
alaeon
alaepn
alaeqn
alaern
alsern
altern
aluern
alvern
alwern
alxern
alyern
alzern
alzeyn
alzezn
alzezw
alzezx
alzezy
alzezz
ayzezz
azzezz
azztzz
azzuzz
azzvzz
azzwzz
azzxzz
azzyzz
azzzzz
wzzzzz
xzzzzz
yzzzzz
zzzzzz

"altern"

BIOGRAPHY

for Ian Hamilton Finlay

```
d       eat       h
  d     eat     h
    d   eat   h
      d eat h
       death
```

COMING . . .

```
        earth
      e art h
    e   art   h
  e     art     h
e       art       h
```

. . . AND GOING

```
e       art       h
  e     art     h
    e   art   h
      e art h
        earth
```

SHIP

```
      scratch
    sc rat ch
  sc   rat   ch
sc     rat     ch
sc       rat       ch
```

```
h       ear       t
  h     ear     t
    h   ear   t
      h ear t
       heart
```

LIFEBOAT

drown
d row n
d row n
d   row   n
d   row   n

STEPS

p   lane   t
p   lane   t
p lane t
p lane t
planet

MEADOW PEACE

clover
c love r
c love r
c   love   r
c   love   r

I AM

a   i   m
a   i   m
a i m
a i m
aim

just
j us t
j us t
j   us   t
j   us   t

THE POSSESSED GIRL

h   i   s
h   i   s
h i s
h i s
his

WEATHER OR NOT

born
b or n
b or n
b   or   n
b   or   n

s   no   w
s   no   w
s no w
s no w
snow

glide
g lid e
g lid e
g   lid   e
g   lid   e

POOR. OLD. TIRED. HORSE.

t   rut   h
t   rut   h
t rut h
t rut h
truth

joke
j ok e
j ok e
j   ok   e
j   ok   e

TESTAMENT

c   and   y
c   and   y
c and y
c and y
candy

n t
n ↑ t
n | t
n | t
nicht
nicht
nicht
nicht
nicht
nicht
nicht
nicht
nicht
nicht
nicht
nicht
nicht
nicht
nicht
ich
ich
ich
ich
ich

-~~ich~~-

-~~ich~~-

-~~ich~~-

-~~ich~~-

-~~ich~~-

-~~ich~~-

-~~ich~~-

-~~ich~~-

-~~ich~~-

-~~ich~~-

-~~ich~~-

-~~ich~~-

-~~ich~~-

-~~ich~~-

-~~ich~~-

-~~ich~~-

-~~ich~~-

-~~ich~~-

-~~ich~~-

-~~ich~~-

-~~ich~~-

-~~ich~~-

-~~ich~~-

-~~ich~~-

-~~ich~~-

-~~ich~~-

-~~ich~~-

-~~ich~~-

-~~ich~~-

-~~ich~~-

die jakobsleiter -~~ich~~-

-~~ich~~-

-~~ich~~-

-~~ich~~-

ebbeebbeebbeebbeebbeflut
ebbeebbeebbeebbeebbeebbe
ebbeebbeebbeebbeebbeflut
ebbeebbeebbeebbefluuuuut
ebbeebbeebbefluuuuuuuuut
ebbeebbefluuuuuuuuuuuuut
ebbefluuuuuuuuuuuuuuuuut
fluuuuuuuuuuuuuuuuuuuuut
ebbefluuuuuuuuuuuuuuuuut

immer starrer
immer starrr
immer strrr
immer srrr
immer rrr
immerrrr
immrrrr
irrrr

ein so ein riesen haufen
ein so ein riesen haufen
ein so ein riesen haufen
ein so ein riesen haufen
ein so ein riesen haufen
ein so ein riesen haufen
ein so ein riesen haufen
ein so ein riesen haufen
ein so ein riesen haufen
ein so ein riesen haufen
ein so ein riesen haufen
ein so ein riesen haufen
ein so ein riesen haufen
ein so ein riesen haufen
ein so ein riesen haufen

m
mm
mmm
mmmm
mmmmm
mmmmmm
mmmmmmm
mmmmmmmm
mmmmmmmmm
mmmmmmmmmm
mmmmmmmmmmm
mmmmmmmmmmmm
mmmmmmmmmmmmm
mmmmmmmmmmmmmm
mmmmmmmmmmmmmmm
mmmmmmmmmmmmmmmm
mmmmmmmmmmmmmmmmm
mmmmmmmmmmmmmmmmmm
mmmmmmmmmmmmmmmmmmm
mmmmmmmmmmmmmmmmmmmm
mmmmmmmmmmmmmmmmmmmmm
mmmmmmmmmmmmmmmmmmmmmm
mmmmmmmmmmmmmmmmmmmmmmm
mmmmmmmmmmmmmmmmmmmmmmmm
mmmmmmmmmmmmmmmmmmmmmmmmmoral

2 ein lesetext

Maria Mutter mein
beschütze uns von dem Gestein
und die Seelen all
vor dem Sündenfall

villgratener texte

aufgeschrieben und geordnet
von ernst jandl Rauchen verboten

Gott
vergelt
es

1733.
1850.
1909. Eintritt verboten

Chers Visiteurs,

T y r o l ! Voilà un mot qui évoque pour tous la détente et le repos, le soleil et ses bienfaits. Il ne faudrait cependant pas que, pour certains, cette joie soit gâtée par les réflexions désagréables, mais justifiées, que risque de provoquer une tenue trop »aérée«. Dans l'intérêt de tous, nous vous prions d'en tenir compte et de vous habiller de façon à ne froisser personne. D'avance nous vous en remercions, et vous souhaitons de belles vacances.

Le Gouvernement provincial du Tyrol

10
8

11

32

32

Hier ruht
und erwartet eine glückliche
Auferstehung der Jüngling

Peter Ortner

geb. 16. 2. 1871 in Innervillgraten
gest. 17. 11. 1945. Dessen Schwester
Maria Ortner geb. 10. 5. 1865, gest. 18. 2. 1945

Altbewährt
M A G G I s
Suppen-Artikel
hier zu haben

Hic est Jesus Rex Judaeorum

59

Hier ruhet
das unschuldige Kind

Johan Rainer
aus der Familie Vaider
geb. und gest. 1897
– –
Lasset die Kleinen zu mir

GRÜSS GOTT

GOtt + zum + Grus
52 1905
19 CMB 57

Gott. zum: Gruss, Gs.
1899 51
Tiroler Landes-
brandversicherung
19 + C + M + B + 57

Titze Kaiser-Feigenkaffee feinste Qualität
Feigenkaffee

Das
Beste
NEU =
CREM
Schuhputzmittel

Herr gib Ihnen die ewige Ruhe
u. das ewige Licht leuchte Ihnen

nach Kalkstein 35 Min.
Pfannhorn 3 1/2 St.

Franz Senfter von Innervillgraten
zu Göllersteuder verunglückte
hier am
11. Oktober 1922
er bittet um ein Ave Mar
S
G Z

in's Arntal
Schwarzsee 3 1/2 St.
Rot- und Weissenspitze 4 St.
Villgratertörl 3 St.

Hier ruhet in Gott
die wohlgeachtete
Katharina

Schmiedhofer

geboren am 11. Jänner 1904
gestorben am 23. August 1944
Mein Jesus Barmherzigkeit!
R.I.P.

Hier ruht das unschuldige Kind

Peter Paul Schett

geboren am 21. Feber 1950 gest. am 17. September 1954

Liebe Mutter und Geschwister
Lebet fromm vertraut auf Gott
Ich bin dem Vater nachgegangen
Wir sind daheim beim lieben Gott
R.I.P.

Hier ruhen
die vier unschuldigen Kinder
des Josef Fürhapter V. Kafte
Hier in diesem Rosengarten
Wollen wir auf unsre Eltern warten
R.I.P.

Hier ruht
das unschuldige Kind

Georg Anton Lanser

geb. und gest. am 2. Juni 1955
Lebenszeit – Elternleid
Gott gewollt Heim geholt
R.I.P.

Der Kurs 1 und 6 verkehrt täglich, die Kurse 7 und 8 verkehren an allen Werktagen. Die Kurse 2 und 3 verkehren vom 15. 6. bis 15. 9. 1957. Die Kurse 4 und 5 verkehren nach Bedarf.

UNSERE LIEBE FRAU DER TRÄNEN VON SYRAKUS

Die führende Marke
Beste Schuhcreme
C A V A L I E R
Trade Mark
CAVALIER
mit praktischem
Patent-
DOSENÖFFNER

Durch die harten Geiselstreuch hab
ich die Erlosung erröicht.

Bäckerei
Fridl Bachmann
Gemischtwarenhandlung
Alfons Senfters Erben
MICHL
SCHETT
SCHUH-
MACHER

Hier ruht
Johanna Schett Nolte
geb. und gest. am 15. I. 1948

Ich LiegehierimHimmelsgarten und will
auf meine Eltern warten die Eltern
libten mich so sehr DochGott
im Himmel noch viel mehr

Hochspannung,
Lebensgefahr
217

Hier ruhen
unsere lieben Kinder
Josef .19. 1. 1924, † 25. 1. 1924
Josef .25. 11. 1926, † 30. 12. 1926
Frieda .30. 11. 1929, † 12. 1. 1930
Otto .27. 6. 1936, † 5. 4. 1937
Franz .20. 11. 1940, † 22. 11. 1940

hilf

ein Leben
erhalten
MELDE DICH
ALS BLUTSPENDER

Hier ruht
Frau Zitta Lanser
Ausserwalderbäurin
samt Ihrem us. Kind
Lidwina
In Erfüllung Ihrer
Mutterpflicht starb
Sie am 16. Juni 1940 im
44. Lebensjahr in Lienz

zur Kamelisenalm
über Hochberg
2 $^{1}/_{2}$ St.

in's Ainettal
sieben Seen
Hochgrabe 3 $^{1}/_{2}$ St.

Hier ruht
unser unschuldiges Kind

Notburga Schett (Nolte)

geb. und gest. am 4. März 1948
Eine Blume für das Leben
Eine Träne für das Grab
Gott mit Schmerz zurückgegeben
Was er uns zur Freude gab.

53

DOMINI
46

Kraftwagen
Haltestelle

Hier ruht
der wohlgeborene Herr
Johann Achammer
Gasthausbesitzer
er war geboren in Sillian am
5. Oktober 1848 und starb
nach kurzer Krankheit am 22.
November 1903, nach Empfang
der letzten Öhlung. Ihm voraus
giengen 2 unschuldige Kinder.
Er ruhe in Frieden

Hier verunglückten durch eine
Schneelawine am 23. Feber 1879
die 2 Brüder von Kalkstein
David Walder 15. Jahre u. Alois
Walder 10. Jahre. Das ewige Licht
leuchte ihnen. Süßes Herz Mariä
sei meine Rettung 300 Tage Ablaß.

Hier ruht das unschuldige Kind
Josef Bachmann
zu Bodemair
geb. 2. Jän. 1925, gest. 4. März 1925
Nicht für die Welt war ich geboren
Nicht bestimmt für eitles Glück
Zum Engel hat mich Gott erkoren
Drum liebe Eltern weinet nicht
Ich werde bittend für Euch fleh'n
Bis wir uns einstens wieder seh'n
R.I.P.

Hier ruht
die Jungfrau
Augusta Seidl Großbachleb
welche geb. 1883 und am 14. November 1950
selig im Herrn verschied
Weil du getreu warst bis in den Tod
wird dir der Herr die Krone des Lebens
geben. R.I.P.

Ruh' aus, o Leib, so lang
Bis der Posaunenklang
Einst dich aus dieser Gruft
Zum Lohn der Arbeit ruft

P St
Peter Steidl
Holzhandel

Christliches Andenken
an
Peter Mair
Besitzer zu Schönsteig
geb. am 15. Okt. 1838, gest. am 13. April 1908,
und an dessen Sohn
Alois Mair
gest. im Alter von 29 Jahren, an
Kriegsstrapazen im Spitale
zu Antipicha Ostsibirien
am 4. April 1916.
Herr lasse sie ruhen in Frieden!

RESURRECTURIS

Am Sonntag, den 11. August 1957 findet in
Tassenbach (Aue) das
2. traditionelle
Oberpustertaler
Schützenfest statt.

Fest-Programm: 9 Uhr Aufmarsch zum Festplatz von der Bundesstraße. 9.15 Uhr Begrüßungsansprache, 9.30 Uhr Feldmesse, anschließend Dekorierung, Festansprachen, Heldenehrung und Defilierung. Kurze Mittagspause mit Konzert. 13 Uhr Einmarsch sämtlicher Schützenkompagnien zum Festplatz; hierauf volkstümliche Belustigungen, sowie Tanz im Freien, Plattlereinlagen u. Gesang, Schießbude usw.

Alle Freunde und Gönner des Schützenwesens sind herzlichst eingeladen.

DAS FESTKOMITEE

Christliche Erinnerung
an den wohlgeborenen und hochgeachteten

Johann Steidl

welcher zu Untergaller in Innervillgraten am 18. Juni 1835 geboren wurde und dortselbst nach kurzer Krankheit und nach Empfang der hl. Sterbesakramente am 11. April 1915 selig im Herrn verschieden ist. Der Verstorbene war durch viele Jahre Kapellmeister der Feldmusik, Organist, Gemeindesekretär, Tierarzt, ein vorzüglicher Ratgeber und Helfer für Gesunde und Kranke, welch' letzteren er in gar vielen Fällen besonders gute Dienste geleistet hat, weshalb sein Andenken in der Heimatgemeinde unsterblich und sein Lohn im Himmel herrlich sein wird. R.I.P.

Hier ruhen
in Gott

JOSEF LUSSER,	geb.	am	2. Feb. 1913
	gest.	am	14. 4. 1935
ANTON LUSSER,	geb.	am	1. Feb. 1913
	gest.	am	24. 4. 1913
ANONYMUS LUSSER,	geb.		1. Okt. 1914
	gest.	am	1. 10. 1914
MARIANNE LUSSER,	geb.		6. Dez. 1919
	gest.	am	8. 6. 1928

NOTBURG LUSSER, geb. 6. Dez. 1919
gest. am 14. 8. 1920
FRANZISKA LUSSER, geb. 6. April 1921
gest. 10. 3. 1922

GEMEINDEAMT
STANDESAMT

VOLKSSCHULE

ZUR BLEIBENDEN ERINNERUNG AN DIE
OPFER BEIDER WELTKRIEGE

1914 1918
Rußland
Italien
1939 1945
Rußland
Italien
Jugoslawien
Westfront
Norwegen

schettSCHETTmairSENFTERsteidlFÜRHAPTERsteinterSENFTER
steidlMÜHLMANNschettSENFTERsenfterSTEIDLwalderWALDER
schallerBERGMANNmühlmannBACHMANNpranterSCHETTmair
SENFTERschallerBERGMANNgutwengerACHAMMERachammer
LANSERmairSTEIDLmühlmannGANNERschettMAIRsenfterMAIR
lanserGUTWENGERbachmannSCHETTgutwengerORTNERlusser
ACHAMMERsenfterSENFTERwalderWALDERmühlmannSCHETT
steidlSCHALLERlanserSCHETTgutwengerSCHETTmairSCHETT
schettBACHMANNheiderHEIDERfürhapterSTEIDLbachmannKA
SEBACHERschettFORSTHUBERmairMAIRbergmannSCHMID
HOFERniederhoferLUSSERsteidlSCHETTlanserSTEIDLschett
SENFTERmairORTNERmimiolaSTEIDLfürhapterSENFTERsenfter
SCHETTheiderWIEDEMEIERwalderLUSSERkasebacherRAINER
schettSCHETTsenfterMÜHLMANN

Das tat ich
für Dich.
Was tust Du
für Mich?

I.N.R.I.

10,8

3 lese- und sprechgedichte

vorfahre und nachkomme

ich.

ich

frühe übung einem einen wichtigen sachverhalt einzuprägen

merk dir
du heißt
ernst jandl
und wohnst
wien 3
landstraßer
gürtel
sagte
die mutter
9
zu mir

merk dir
du heißt
ernst jandl
und wohnst
wien 3
sagte
die mutter
landstraßer
gürtel 9
zu mir

merk dir
du heißt
ernst jandl
und wohnst
wien
sagte
die mutter
3
landstraßer
gürtel 9
zu mir

merk dir
du heißt
ernst jandl
und wohnst
sagte
die mutter
wien 3
landstraßer
gürtel 9
zu mir

merk dir
du heißt
ernst jandl
sagte
die mutter
und wohnst
wien 3
landstraßer
gürtel 9
zu mir

merk dir
du heißt
ernst
sagte
die mutter
jandl
und wohnst
wien 3
landstraßer
gürtel 9
zu mir

merk dir
du heißt
sagte
die mutter
ernst jandl
und wohnst
wien 3
landstraßer
gürtel 9
zu mir

merk dir
sagte
die mutter
du heißt
ernst jandl
und wohnst
wien 3
landstraßer
gürtel 9
zu mir

ich heiße
sagte ich
ernst
jandl
und wohne
wien
3
landstraßer
gürtel
9

frühe erinnerung an

elefant

elefant

    da war doch

    da war doch

elefant

elefant

    ritten doch

    ritten doch

aber rote sattel

    rote sattel

aus den 30er jahren

trara trara trara

bettler singt

kretsch kratsch

fenster geht auf

gla gla gla gla gla

raschelnd in papier verschwindet geldstück

tsssinnnnnng

fliegt es durch die luft

daaaaank daaaaank

bessre tage gesehn wirklich höflicher musikant

ottos mops

ottos mops trotzt
otto: fort mops fort
ottos mops hopst fort
otto: soso

otto holt koks
otto holt obst
otto horcht
otto: mops mops
otto hofft

ottos mops klopft
otto: komm mops komm
ottos mops kommt
ottos mops kotzt
otto: ogottogott

a family of four

mr. solemnis
mrs. solemnis
miss solemnis
mr. solemnis jr.

familienfoto

der vater hält sich gerade
die mutter hält sich gerade
der sohn hält sich gerade
der sohn hält sich gerade
der sohn hält sich gerade
der sohn hält sich gerade
der sohn hält sich gerade
die tochter hält sich gerade
die tochter hält sich gerade

die automate

der vater steht am fenster
der vater steht am fenster
der vater steht am fenster
der vater steht am fenster
DIE MUTTER

die mutter werkelt hinten herum
die mutter werkelt hinten herum
die mutter werkelt hinten herum
die mutter werkelt hinten herum
die mutter werkelt hinten herum
BIS DER VA TER denARM HEBT

und EINMAL
      ZWEIMAL
      DREIMAL

AB   WIN   KELT

die mutter und das kind

1 üch
wüll
spülen spül düch
moyn
künd

2 komm
künd
komm

üss
oyn
abfall

3 sissys fuß ist
mütter logisch

4 moyn boy loyd
moyn boy loyd
moyn boy loyd

kinderreim

mutter gesagt:
sterne ausschneiden

nacht geworden
schere genommen

stern geschnitten
stern verschwunden

wehgetan
daumen gefunden

mutter gesagt:
sterne ausschneiden

sterne geschnitten
geschnitten geschnitten

dunkel gemacht
aufgewacht

finger zehen
nase gefunden

mutter gesagt:
sterne ausschneiden

mutter bitte
nicht leiden nicht leiden

mutter gelacht
schere klopf

dummkopf ab
in kochtopf

da

du

box

box

du

da

box

box

da

da

box

box

au

au

AUS

dir wird

nie einer

nie einer

fünfter sein

tür auf
einer raus
einer rein
vierter sein

tür auf
einer raus
einer rein
dritter sein

tür auf
einer raus
einer rein
zweiter sein

tür auf
einer raus
einer rein
nächster sein

tür auf
einer raus
selber rein
tagherrdoktor

flatt

flatt

    der vogel

flatt

flattliegt

    der vogel

flattgedrückt

flatt

wohin

wohin

dort

dort

der ort

der ort

schön

schön

fort

fort

die sonne scheint

die sonne scheint unterzugehn

die sonne scheint untergegangen

die sonne scheint aufzugehn

die sonne scheint aufgegangen

die sonne scheint

früh in frühling

im frühling somm

somm in sommer

im sommer herb

herb in herbst

im herbst wint

wint in winter

im winter früh

ob rot

o brot

ob lau

o blau

ob lau

o brot

ob rot

o blau

o brot

o blau

ob lau

ob rot

o blau

o blau

o brot

doppelgedicht

im himmel
bund
im himmel
fund
im himmel
hund
im himmel
kund
im himmel
mund
im himmel
rund
im himmel
und
auf erden

an fernem ort
zusammenschluß
an fernem ort
worauf man stößt
an fernem ort
treues tier
an fernem ort
bekannt
an fernem ort
teil des kopfes
an fernem ort
von glatter form
an fernem ort
bindewort
hier

immer höher

DER MANN STEIGT AUF DEN SESSEL
der mann steht auf dem sessel
DER SESSEL STEIGT AUF DEN TISCH
der mann steht auf dem sessel
der sessel steht auf dem tisch
DER TISCH STEIGT AUF DAS HAUS
der mann steht auf dem sessel
der sessel steht auf dem tisch
der tisch steht auf dem haus
DAS HAUS STEIGT AUF DEN BERG
der mann steht auf dem sessel
der sessel steht auf dem tisch
der tisch steht auf dem haus
das haus steht auf dem berg
DER BERG STEIGT AUF DEN MOND
der mann steht auf dem sessel
der sessel steht auf dem tisch
der tisch steht auf dem haus
das haus steht auf dem berg
der berg steht auf dem mond
DER MOND STEIGT AUF DIE NACHT
der mann steht auf dem sessel
der sessel steht auf dem tisch
der tisch steht auf dem haus
das haus steht auf dem berg
der berg steht auf dem mond
der mond steht auf der nacht

antipoden

ein blatt
und unter diesem
ein blatt
und unter diesem
ein blatt
und unter diesem
ein blatt
und unter diesem
ein tisch
und unter diesem
ein boden
und unter diesem
ein zimmer
und unter diesem
ein keller
und unter diesem
ein erdball
und unter diesem
ein keller
und unter diesem
ein zimmer
und unter diesem
ein boden
und unter diesem
ein tisch
und unter diesem
ein blatt
und unter diesem
ein blatt
und unter diesem
ein blatt
und unter diesem
ein blatt

gedicht mit 17 v

vorn
vom
vogel
vom
vater
von
vorn
vielleicht
viel
vielleicht
vorn
vom
vater
vom
vogel
von
vorn

lied mit begleitung

flieder   lied
der pflüger   lüge
der pflüger   lüge
flieder   lied
der flieder   lied
pflüger   lüge
pflüger   lüge
der flieder   lied

pflüger   lüge
der flieder   lied
der flieder   lied
pflüger   lüge
der pflüger   lüge
flieder   lied
flieder   lied
der pflüger   lüge

der flieder   lied
flieder   lied
pflüger   lüge
der pflüger   lüge
flieder   lied
der flieder   lied
der pflüger   lüge
pflüger   lüge

der pflüger   lüge
pflüger   lüge
flieder   lied
der flieder   lied
pflüger   lüge
der pflüger   lüge
der flieder   lied
flieder   lied

bei gott!

oder ein wenig darüber

ja
ja
jazz
yes
jazz
jesus
jesus

ja
ja
jazz
yes
jazz
jesus
jesus

ja
ja
jazz
yes
jazz
jesus
jesus

ja
ja
jazz
yes
jazz
jesus
jesus

ja
ja
jazz
yes
jazz
jesus
jesus

ja
ja
jazz
yes
jazz
jesus
jesus

ja
ja
jazz
yes
jazz
jesus
jesus

ja
ja
jazz
yes
jazz
jesus
jesus

ja
ja
jazz
yes
jazz
jesus
jesus

easy grammar poem

aye is poetry

you is poetry

hey is poetry

she is poetry

eat is poetry

wee is poetry

you is poetry

etc is poetry

sonett

das a das e das i das o das u
das u das a das e das i das o
das u das a das e das i das o
das a das e das i das o das u

das a das e das i das o das u
das u das a das e das i das o
das u das a das e das i das o
das a das e das i das o das u

das o das u das a das e das i
das i das o das u das a das e
das e das i das o das u das a

das o das u das a das e das i
das i das o das u das a das e
das e das i das o das u das a

altes maß

fünf klafter after
(dt. nach)
fünf klafter nach
(engl. after)
fünf klafft er after
(dt. nach)
fünf klafft er nach
(engl. after)

fünf after (dt. nach)
klafft er
fünf nach (engl. after)
klafft er
fünf after (dt. nach)
klafter
fünf nach (engl. after)
klafter

after (dt. nach) fünf
klafter
nach (engl. after) fünf
klafter
after (dt. nach) fünf
klafft er
nach (engl. after) fünf
klafft er

distanzen

(stanzen)

l	ie	d
gl	ie	d
fr		de
b	ie	r
fl	ie	der
n		der
w	ie	der
kr	ie	g
	ie	
	ie	

wa	ff	e
ö	ff	nen
gri		el
stra	ff	en
zi	ff	er
blu		en
o	ff	en
schi	ff	en
	ff	
	ff	

ta	pp	en
tri	pp	eln
kla		ern
schle	pp	en
tre	pp	e
ri		e
wa	pp	en
ku	pp	el
	pp	
	pp	

f	ah	ne
z	ah	l
st		l
str	ah	l
br	ah	ma
br		ms
s	ah	ne
r	ah	at
	ah	
	ah	

zu	ck	en
ni	ck	en
ste		en
schlu	ck	en
wa	ck	eln
bü		en
pe	ck	en
du	ck	en
	ck	
	ck	

h	ei	lig
h	ei	rat
h		m
h	ei	ter
h	ei	zen
schl		m
w	ei	ch
z	ei	sig
	ei	
	ei	

ha	ll	o
ke	ll	ner
vo		er
te	ll	er
a	ll	e
wo		en
bi	ll	ig
vö	ll	ern
	ll	
	ll	

g	au	men
tr	au	m
r		m
s	au	m
fl	au	m
b		m
z	au	n
p	au	se
	au	
	au	

zum

höll

mit dem kurzen

gedichte

zum

höllerer

mit dem

l
a
n
g
e
n

dienstage mittwoche donnerstage etc eignen sich alle sieben tage zur montage, der moderne dichter neigt zur montage, er eignet sich die montage an, die modernen maler haben etwas, der moderne dichter macht es sich zu nutzen, max ernst wurde 1891 in brühl bei köln geboren, der moderne dichter überklebt die modernen maler.

»ein gedicht, dessen einheit nur die persönlichkeit des schaffenden und schauenden dichters herstellt, dieses im grunde lyrische ich des bekennerisch und seherisch gestimmten dichters, dieses ich, das zeitlos und ewig ist, das es darum wagen kann, über jahrtausende verstreutes geschehen als selbsterlebtes darzustellen« (soergel)

bsp 1: über allen gipfeln ist ich
(goethe montiert)
bsp 2: da schneeheuschrecken aus der luft ich hoff
(nedschati montiert)
bsp 3: ich eros
(vergil montiert)
bsp 4: und stärker bebt ich ich, so ich ich denke
(dante montiert)
bsp 5: ich heu wölbt sich zum schaube
(lehmann montiert)

an den angeführten beispielen erweist sich die eminente brauchbarkeit solcher altertümer in der hand des modernen dichters. »seine spielkunst ist die überlieferte österreichische« (nadler)

vgl dazu »menschen selbst können auch verwendet werden« und »menschen selbst können auf kulissen gebunden werden« (beides schwitters)

vgl dazu »schicksal heißt hier endlich nur die große probe auf den freien willen, zu wählen oder zu verwerfen« (nadler), die klassische definition der montage.

fünfhundertfünfundfünfzig

der vater weckt karl früh auf mit den worten
morgenstund hat gold im mund
dann machen die beiden einen spaziergang
fünfhundertfünfundfünfzig

der vater fragt nun karl ob er obige worte
auch verstanden habe
und erklärt ihm dann
a
b
c
d
fünfhundertfünfundfünfzig

a
fünfhundertfünfundfünfzig
b
fünfhundertfünfundfünfzig
c
fünfhundertfünfundfünfzig
d
fünfhundertfünfundfünfzig

wenn sie sich wäscht
sollen im wasser
goldene fische entstehen
a
fünfhundertfünfundfünfzig
b
fünfhundertfünfundfünfzig
c
fünfhundertfünfundfünfzig
d
fünfhundertfünfundfünfzig

es ist die personifizierte
morgenröte

a
fünfhundertfünfundfünfzig
b
fünfhundertfünfundfünfzig
c
fünfhundertfünfundfünfzig
d
fünfhundertfünfundfünfzig

auch schreibt man ihr goldene haare zu

a
goldene
b
goldene
c
goldene
d
goldene

und gleichzeitig fand karl die erklärung des vaters
in der erfahrung bestätigt

fünfhundertfünfundfünfzig
a
fünfhundertfünfundfünfzig
b
fünfhundertfünfundfünfzig
c
fünfhundertfünfundfünfzig
d

darstellung eines poetischen problems

1 ein
1 wort
1 neben
1 das

2 ein wort
2 neben das
2 ein zweites
2 wort tritt

3 ein wort neben
3 das ein zweites
3 neben das ein
3 drittes wort tritt

4 ein wort neben das
4 ein zweites neben das
4 ein drittes neben das
4 ein viertes wort tritt

5 ein wort neben das ein
5 zweites neben das ein drittes
5 neben das ein viertes neben
5 das ein fünftes wort tritt

6 ein wort neben das ein zweites
6 neben das ein drittes neben das
6 ein viertes neben das ein fünftes
6 neben das ein sechstes wort tritt

7 ein wort neben das ein zweites neben
7 das ein drittes neben das ein viertes
7 neben das ein fünftes neben das ein
7 sechstes neben das ein siebentes wort tritt

8 ein wort neben das ein zweites neben das
8 ein drittes neben das ein viertes neben das
8 ein fünftes neben das ein sechstes neben das
8 ein siebentes neben das ein achtes wort tritt

9 ein wort neben das ein zweites neben das ein
9 drittes neben das ein viertes neben das ein fünftes
9 neben das ein sechstes neben das ein siebentes neben
9 das ein achtes neben das ein neuntes wort tritt

10 ein wort neben das ein zweites neben das ein drittes
10 neben das ein viertes neben das ein fünftes neben das
10 ein sechstes neben das ein siebentes neben das ein achtes
10 neben das ein neuntes neben das ein zehntes wort tritt

11 ein wort neben das ein zweites neben das ein drittes neben
11 das ein viertes neben das ein fünftes neben das ein sechstes
11 neben das ein siebentes neben das ein achtes neben das ein
11 neuntes neben das ein zehntes neben das ein elftes wort tritt

12 ein wort neben das ein zweites neben das ein drittes neben das
12 ein viertes neben das ein fünftes neben das ein sechstes neben das
12 ein siebentes neben das ein achtes neben das ein neuntes neben das
12 ein zehntes neben das ein elftes neben das ein zwölftes wort tritt
etc.

zum problem der richtigen darfstellung

ein krug
darauf
ein tisch
nein
sondern

ein krug
darauf
ein tisch
nein
sondern

ein krug
darauf
ein tisch
nein
sondern

ein tisch
darauf
ein krug
ja
das

i love concrete
i love pottery
but i’m not
a concrete pot

UND DER FISCH

ein text in drei teilen
1. teil (8 versionen)
2. teil (9 versionen)
3. teil (ein aufsatz)

(8 versionen)

ZWEIMAL UND DER FISCH

zweimal und der fisch

ZWEIMAL UND DER FISCH

zweimal der fisch
(der fisch der fisch)

ZWEIMAL UND DER FISCH

nur zweimal und der fisch
(zweimal nur und der fisch)
(zweimal und nur der fisch)
(zweimal und der nur fisch)
(zweimal und der fisch nur)

(9 versionen)

MANCHMAL UND DER FISCH

manchmal und der fisch

MANCHMAL UND DER FISCH

manchmal der fisch

MANCHMAL UND DER FISCH

nur manchmal und der fisch
(manchmal nur und der fisch)
(manchmal und nur der fisch)
(manchmal und der nur fisch)
(manchmal und der fisch nur)

MANCHMAL UND DER FISCH (angedeutet)

gestern: (und) der fisch
vorgestern nicht: (und) der fisch
10 nach 7: (und) der fisch
9 nach 7: (und) der fisch
vor 5 minuten nicht: (und) der fisch
vor 6 minuten nicht: (und) der fisch

nur und der fisch (ein aufsatz)

dieser aufsatz beschäftigt sich mit dem verhältnis zwischen einem titel und einem text.

besteht zwischen dem titel NUR UND DER FISCH und einem text das verhältnis der gleichheit, dann sieht das ergebnis so aus:

NUR UND DER FISCH

nur und der fisch

hat einer der bestandteile des titels NUR UND DER FISCH aber die aufgabe, das verständnis eines textes zu erleichtern, dann kann das ergebnis so aussehen:

NUR UND DER FISCH

nur der fisch

aber auch so:

NUR UND DER FISCH

und der fisch

nicht aber so:

NUR UND DER FISCH

der fisch

denn für diesen text muß der titel lauten: NUR DER FISCH (oder DER FISCH); aber auch

NUR UND DER FISCH

nur fisch

kann es nicht heißen, denn für diesen text muß der titel NUR UND FISCH (oder NUR FISCH) lauten.

doch kann für den text

nur fisch

der titel auch FISCH lauten; dann enthält der text eine überraschung. (ebenso kann für den text

nur und der fisch

der titel auch UND DER FISCH lauten; dann enthält auch dieser text eine überraschung.)

die lippen

1. teil
die
oberlippe
2. teil
die
unterlippe
umkehrung
1. teil
die
unterlippe
2. teil
die
oberlippe
überlagerung
die
lippen
visuelle version*)
1. teil
**)
2. teil
***)
1. teil
***)
2. teil
**)
überlagerung
****)

*) diese version ist nicht zu sprechen, sondern sichtbar zu machen; die titel hingegen werden gesprochen

**) die oberlippe wird so über die unterlippe gestülpt, daß diese nicht, jene hingegen auffällig, sichtbar ist

***) die unterlippe wird so über die oberlippe gestülpt, daß diese nicht, jene hingegen auffällig, sichtbar ist

****) beide lippen werden in geschlossenem zustand leicht nach vorn gestülpt, so daß beide, in gleichem maß auffällig, sichtbar sind

der mund*)

teil 1

er ist offen
er ist weiter offen
er ist sehr weit offen
er ist zu

teil 2

sie sehen nicht hinein
sie sehen hinein**)
sie sehen nicht hinein

*) der aussage der einzelnen zeile entsprechend, ist der mund beim sprechen des textes möglichst vollkommen unbeweglich jeweils offen, weiter offen, sehr weit offen oder geschlossen zu halten, wobei die lautbildung, in verschiedenen graden von annäherung an das gewohnte lautbild, durch die in bewegung bleibenden teile – zunge und kehlkopf – und durch die, möglichst geschickte, lenkung des luftstroms und ausnützung der resonanzräume erfolgt

**) mundstellung wie teil 1 zeile 2

fritzi & the broom. a play

fritzi: room room room room

chairs, tables etc. hurriedly retreat into corners

broom: sweep sweep sweep sweep

the tender vase: CRASH

fritzi: broom broom broom broom

broom: weep weep weep weep

gerhard und der wolf

der wolf: RÜHM

gerhard (entleert einen kleinen behälter mit einem dickflüssigen weißen inhalt über seinem kopf):

RAHM

der wolf: RÜHM

gerhard (die arme ausgebreitet):

RAUM

der wolf: RÜHM

gerhard: REIM (nach einer weile, heiser:)

REIM

der wolf: RÜHM

gerhard (knieend):

ROM

der wolf: RÜHM

gerhard (auf den zehenspitzen, mit vorgewölbter brust, diese mit beiden händen festhaltend, begeistert):

RUHM

der wolf: RÜHM

gerhard (nach einem tiefen zug aus seiner flasche):

RUM

der wolf: RÜHM

gerhard (scheucht den wolf über die bühne):

DU UNGETÜM DU UNGETÜM DU UNGETÜM DU UNGETÜM usf.

der wolf (am äußersten rand der bühne, ehe er diese für immer verläßt):

REIM

gerhard (zum publikum, langgezogen, in höchster lautstärke):

RÜHM

essen

ein stück mit aufblick

as si
si as
as si ei öl al re vi ox ku
ja si as ei öl al re vi ox ku
wi as si
si as so
si as wi du er si es ir di si
si as wi si as
wo as si
si as da
si as im ek
si as am ke am se im zo im nu in ru
si as wo si as
as si ro
si as re ni ro
si as ei ro
si as vi ni ro
ox wi ku as si ni ro
öl as si ro
ja si as ro
al as si ni ro
si as ro
wi ro as si
si as so ro wi du er si es ir di si
so ro as si
ro wi ro
sa si
si sa
sa si zu

ja si sa zu
wi sa si zu
si sa so zu
as si al sa si al
as si re sa si re
as si öl ei vi ox ku sa si di di si as
so sa si zu
sa si wi si as
si sa wo si as
si sa ob si as
si sa ob si wo as
si sa ni wi si as
wo as si wi
im ek as si so wi am ke
am ke as si so wi am se
am se as si so wi im nu
im nu as si so wi in ru
im zo as si wi du er si es ir di si
sa si in di hö
ja si sa in di hö
sa si da di au
di au sa si da ni
si sa in di hö wi si ei öl al re vi ox ku as
da sa si di hö

what you can do without vowels

kss

fck

lck

sck

pss

sht

body-building

liegen

stehn

gehn

stehn

liegen

stehn

gehn

stehn

liegen

stehn

gehn

stehn

liegen

sie mehr den anderen
dieser sie weniger
er mehr die andere
diese ihn weniger
sie mehr den anderen
dieser sie weniger
er mehr die andere
diese ihn weniger
sie mehr den anderen
dieser sie weniger
er mehr die andere
diese ihn weniger
sie mehr den anderen
dieser sie weniger
er mehr die andere
diese ihn weniger
sie mehr den anderen

PHALLUS

klebt   allus

(werbetext)

der hauch

mir gefallen

mir gefallen sie auch

die sterne die sterne

der bauch

der hügel die haare die haut

der duft der luft

aus deinem in meinen

appetit

hosi

anna
maria
magdalena

hosi

hosianna
hosimaria
hosimagdalena

hosinas

hosiannanas
hosimarianas
hosimagdalenanas

ananas

privater marsch

schmackel
schmackel
bunz
bunz
schmackel
schmackel
bunz

schmackel
schmackel
bunz
bunz
schmackel
schmackel
bunz

schmackel
bunz
bunz
bunz
schmackel
bunz
bunz
bunz
schmackel
bunz
bunz
bunz
schmackel
bunz
schmackel
bunz
schmackel
bunz

bunz
schmackel
bunz

bunz
bunz

voyeur

schaun
schaun
träune sind
schäune
schän dich
schän dich
traun ist
schaun
schaun
träune sind
schäune
schän dich
schän dich
traun ist
schaun
schaun
träune sind
schäune
schän dich
schän dich
traun ist
schaun
schaun
träune sind
schäune
schän dich
schän dich
traun ist
schaun
schaun
träune sind
schäune
schän dich
schän dich
traun ist
schaun
schaun
träune sind
schäune
schän dich
schän dich
traun ist
schaun
schaun
träune sind
schäune
schän dich
schän dich
traun ist
schaun

krims krams
krems
krums kroms

kroims

krums krems
krims
kroms krams

kraums

kroms krims
krums
krams krems

kreims

krams krums
kroms
krems krims

kriums

krems kroms
krams
krims krums

kruams

fortschreitende räude

him hanfang war das wort hund das wort war bei
gott hund gott war das wort hund das wort hist fleisch
geworden hund hat hunter huns gewohnt

him hanflang war das wort hund das wort war blei
flott hund flott war das wort hund das wort hist fleisch
gewlorden hund hat hunter huns gewlohnt

schim schanflang war das wort schund das wort war blei
flott schund flott war das wort schund das wort schist
fleisch gewlorden schund schat schunter schuns gewlohnt

schim schanschlang schar das wort schlund schasch wort
schar schlei schlott schund flott war das wort schund
schasch fort schist schleisch schleschlorden schund
schat schlunter schluns scheschlohnt

s——————————c——————————h
s——————————c——————————h
schllls——————————c——————————h
flottsch

the flag

a fleck

on the flag

let's putzen

a riss

in the flag

let's nähen

where's the nadel

now

that's getan

let's throw it

werfen

into a dreck

that's

a zweck

straßenrufe

die farne horch
die farne horch
  schlächter als häute
  schlächter als häute

die farne horch
die farne horch
  mal arme
  mal armee

schlächter als häute
schlächter als häute
  mal arme
  mal armee

die farne horch
die farne horch
  schlächter als heu
  schlächter als tee

identität

vorteuschen
oder
vortoischen
oder
vortoüschen
oder
vortaüschen

vortäuschen
oder
vertauschen
oder
vertuschen
oder
forthuschen

verdäutschen
oder
verdaütschen
oder
verdoütschen
oder
verdoitschen

vorziehen
oder
fortziehen
oder
fortsehen
oder
forzen

enthauptet

zu enthauptet

viel zu enthauptet

moritat

die der das taten waren
der die das taten war
der die das tun sah war
das die der taten war

die der das taten waren
der die das taten war
der die das tun sah war
das die der taten war

die der das taten waren
der die das taten war
der die das tun sah war
das die der taten war

die der das taten waren
der die das taten war
der die das tun sah war
das die der taten war

die der das taten waren
der die das taten war
der die das tun sah war
das die der taten war

die der das taten waren
der die das taten war
der die das tun sah war
das die der taten war

die der das taten waren
der die das taten war
der die das tun sah war
das die der taten war

die der das taten waren
der die das taten war
der die das tun sah war
das die der taten war

die der das taten waren
der die das taten war
der die das tun sah war
das die der taten war

die der das taten waren
der die das taten war
der die das tun sah war
das die der taten war

die der das taten waren
der die das taten war
der die das tun sah war
das die der taten war

die der das taten waren
der die das taten war
der die das tun sah war
das die der taten war

karwoche
ein turm

ölrauh
gallsüß
eisheiß
grasrot
kotrein
blutgrün
lochgelb
lavadünn
nabelmüd
steinklar
schamblau
eierspitz
afterklug
urinsteil
alpenhalb
samenlang
nasenfern
gabeleben
löwenzahm
stahlsanft
wolkenhart
bleileicht
honigsauer
ozeanklein
kreiseckig
butterkalt
lepraschön
kirschgrau
engelsgeil
runzeljung
darmbewußt
zungendürr
kitschecht
sesselblaß
kugelkrumm
quadratrund
kalkschwarz
wattescharf
blindenbunt
krebsbequem
wassersteif
granitweich
denkmaldumm
mariennackt
benzinfromm
distelglatt
scheuflüssig
teleskopblind
bordellkeusch
posaunenstumm
tumorfröhlich
sarggemütlich
scharlachkühl
erdbebenblond
wüstenträchtig
lilienschmutzig
explosionsstill
friedhofsmunter
schwielenhübsch
zwangsjackenmild
gebärmutterfrech
verwesungsfrisch
felsengeschwätzig
luftundurchsichtig
stacheldrahtheiter
konfirmationsschief
gaskammernbarmherzig
gründonnerstagfleckig

es war januar

es war februar

es war märz

es war märz

es war april

es war mai

es war mai fuß

der englische botschafter

such

a

mess

at

my

age

what

a

message

4 lautgedichte

äquator

qua qua
t
o
rrrr
qua qua
t
o
rrrr
ä
o
t
qua qua
rrrr
ä
o
t
qua qua
rrrr
äääää
o
qua qua
rrrr
t

abschied

adiiio
adiiio
adiiio
adiiio
adiiio
rrrrrrrrrrrrrrrrrrr
adiiio
adiiio
adiiio
adiiio
rrrrrrrrrrrrrrrrrrr
adiiio
adiiio
adiiio
rrrrrrrrrrrrrrrrrrr
adiiio
adiiio
rrrrrrrrrrrrrrrrrrr
adiiio
rrrrrrrrrrrrrrrrrrr
adiiio

adiiio

adiiio

lllssssssssssssssssss
lllssssssssssssssssss
lllssssssssssssssssss
lllssssssssssssssssss
bllllllp
lllssssssssssssssssss
bllllllp
bllllllp
lllssssssssssssssssss
bll   bll   bll   bll   bll
psllls sssssssssssssss
psllls sssssssssssssss
blllp
psllls sssssssssssssss
psllls sssssssssssssss
psllls sssssssssssssss
sslllp   sslllp   sslllp
psllls sssssssssssssss
blllp
psllls sssssssssssssss
sslllp   sslllp   sslllp
psllls sssssssssssssss
psllls sssssssssssssss
psllls sssssssssssssss
blllp
psllls sssssssssssssss
psllls sssssssssssssss
bll   bll   bll   bll   bll
lllssssssssssssssssss
pllllllb
pllllllb
lllssssssssssssssssss
pllllllb
lllssssssssssssssssss
sssssssssssssssssslll
sssssssssssssssssslll
sssssssssssssssssslll

ein gleiches

über allen gipfeln
ist ruh
in allen wipfeln
spürest du
kaum einen hauch
die vögelein schweigen im walde
warte nur, balde
ruhest du auch

ÜBE!
rrrrrrrrrrrrrrrrrrrrrrrrrrrrrrrrrrrrrrrrrrrrrrrrrrrrrrrrrrrr
A!
llllllllllllllllllllllllllllllllllllllllllllllllllllllllllllllllllll
(eng)
iiiiiiiiiiiiiiiiiiiiiiiiiiiiiiiiiiiiiiiiiiiiiiiiiiiiiiiiiiiiiiiiiiii
ppp–
FEHL NIE!
ssssst
rrrrrrrrrrrrrrrrrrrrrrrrrrrrrrrrrrrrrrrrrrrrrrrrrrrrrrrrrrrr
(»uuuhii«)
NNNA!
llllllllllllllllllllllllllllllllllllllllllllllllllllllllllllllllllll
EEE!
nnnnnnnnnnnnnnnnnnnnnnnnnnnnnnnnnnnnnnn
WIPP!
————
————
————
FEHL'N'S?
————
(»püree«)
ssst! du!
————
»kau
meinen
(hhhhhhhhh)
auch . . .«
————
»diii
eee«
————
»vögel!«
————
»eee«
————
»ihn!«
————
»s–c–hwwwe————————i«
————
————
————
GEH NIE IM WALD
eeewa . . .
————
rrrrrrrrrrrrrrrrrrrrrrrrrrrrrrrrrrrrrrrrrrrrrrrrrrrrrrrrrrrr
TEE.
nnn–
UUU?
(rrrrrrrb
alder uuhe)
————
ssst! du!
————
»au!«
c ———————————————————— h

maaaaaaaääääääääääääääääääääääääääääääääääää

wdh. ad lib.

pyjama mit rotem frosch

```
       l
      l l
     l l l
      l l
    /
   i
  /
 b
```

pyjama roter frosch

```
       l
      l l
     l l l
      l l
    /
   i
  /
 b
```

pits---c---hrottfrrrs-------c-------h

maaaaaaaääääääääääääääääää.......................

wdh. ad lib.

g,ds--c--h,g,g,

(o) (uaa) (duaa) (uaa) (uöö) (uaa) (üüüiii)

(h)rrrrr(i),g,g,

(w)b(a)b(a)b(a)b.b.b.b.b.b.b.b.b.b..............

(1 2 3 4 5 6 7 . . .)

(bbb)b:ä/

(bbb)b:(h)/ööööööööööööööö................

(bbb):\
(ch)äääääääää............

nnnnnnnnnnnnnn...............
mmmmmmmmmmmmmm/(1 2 3 4 1 2 . . . . . .   )

mmm(e)mmm(e)mmm(e)mmm(e)
mmm(i).....
mmm(a)
mmm(o)
(u)

(rrrrr (rrrrr (rrrrr
mmmmm/ mmmmm/ mmmmm/ ....

mmmm(b).mmmm(b).mmmm(b). ....

nnnnnnnnnnnnnn..................
mmmmmmmmmmmmmm/

www<u>www</u>www<u>www</u>www<u>www</u>...<u>...</u>

<u>www</u>
///

(<u>wwwwwwwwww</u>

<u>wwwwwww</u>

<u>wwwww</u>

w/ w/ w/

w.
.
.
.
.
.
.
.(<u>wwwwwwwwwwwwwwwwww</u>)

gute nacht gedicht

(gehaucht)

s ——————————————————————————————

s ——————————————— c ————————————— h

hü ——————————————————————————————

u ——————————————————————————————

o ——————————————————————————————

a ——————————————————————————————

i ——————————————————————————————

(i)s ——————————————— c ————————————— h

s ——————————————————————————————

hu ——————————————————————————————

(u)s ——————————————— c ————————————— h

f ——————————————————————————————

b—b—b—b—b—b—b—b—b—b—b—b—b—b—b—b

bs ——————————————————————————————

für friederike mayröcker

5 ein sprechtext

John Furnival: devil trap

TEUFELSFALLE

ein sprechtext

nach motiven der textplastik

DEVIL TRAP

des engländers

JOHN FURNIVAL

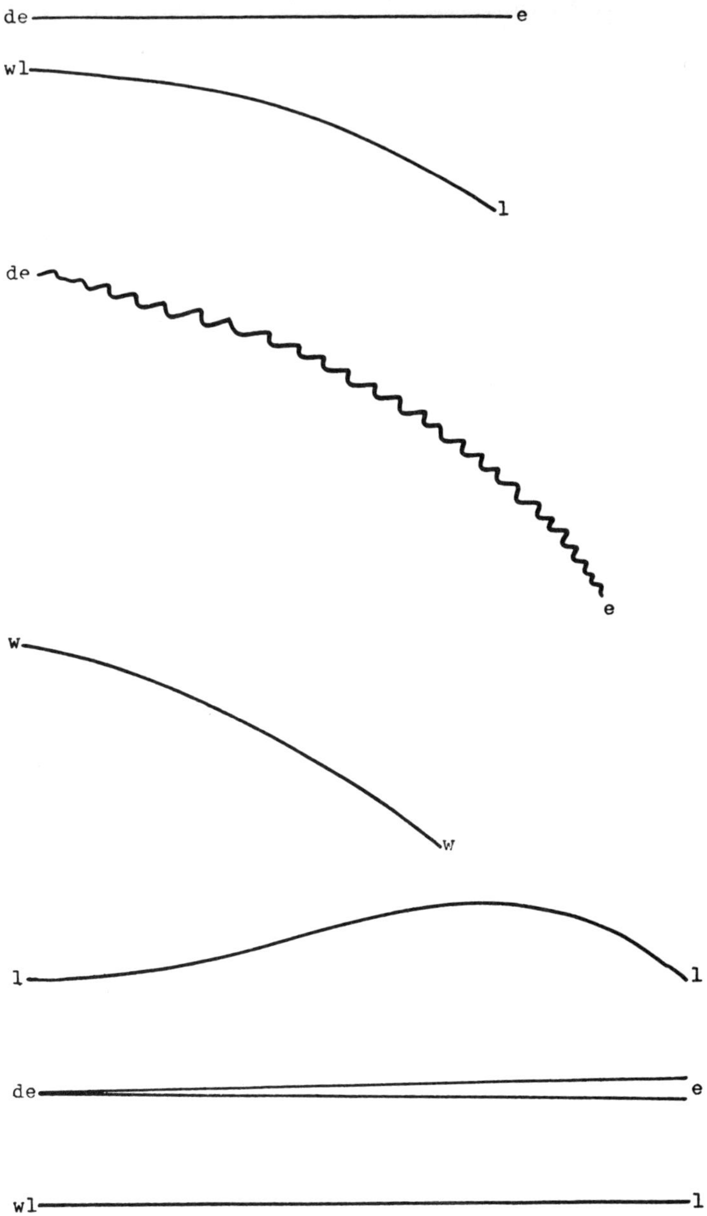
de
e
wl
l
de
e
w
w
l
l
de
e
wl
l

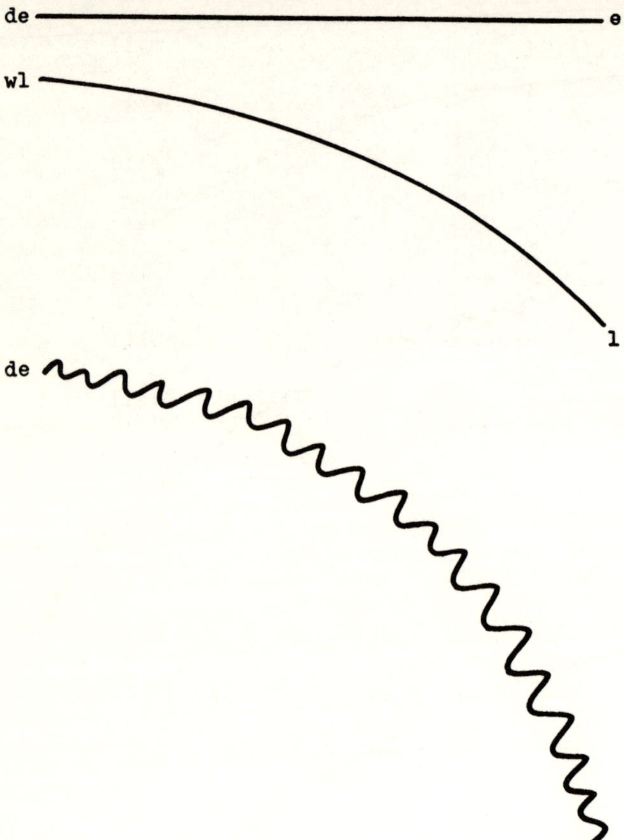

<wllll

<wllllll

<wllllllll

<wllllllllllll

<wlllllllllllllllll

<wllllllllllllllllllllll

<wllllllllllllllllllllllllllll

de de de wlll wlll

de de de wlll wlll

de dia de wlll wlll

de dia de wlll wlll

de dia de wlll blll

de dia de wlll blll

de dia de wllllou blll

de dia de wllllou blll

de dia de wllllou blllou

de dia de wllllou blllou

de dia de walllou blllou

de dia de walllou blllou

de dia de walllou balllou

de dia de walllou balllou

de dia dia walllou balllou

de dia dia walllou balllou

de dia dia walllou balllou

de dia dia walllou balllou

de dia dia walllou balllou

de dia dia walllou balllou

de dia dia walllou balllou

le

e

ggge

le

e

de dia dia walllou balllou

de dia dia walllou balllou

ssuuu <ssuuu <ssuuu <ssuuu <ssuuu

ssuuu ssuuu ssuuu ssuuu ssuuu

de dia dia walllou balllou

ssuuu ssuuu ssuuu ssuuu ssuuu

le

e

ggge

de dia dia walllou balllou

e

e

suuu ssuuu ssuuu ssuuu ssuuu

u SÚ SÚ SÚ SÚ SÚ SÚ SÚ

su

u

i

"interessant."

"interessant."

"interessante."

"quite interesting."

"interessant."

"interessante interessante."

"interessant."

"interessant."

in terra es sante tibi

in terra es sante tibi

in terra es sante tibi

en terre est santé o lé

in terra es sante tibi

in terra es sante tibi

en terre est santé o lé

en terre est santé o lé

in terra es sante tibi

en terre est santé o lé

en terre est santé o lé

en terre est santé o lé

le diable est bléblé

le diable est bléblé

le diable est blébléblébléblébléblébléblébléblébl

lé

le diabl leblébléblé

le diabl

leblébléblébléblébléblébléblébléblébléblébléblébl

l

dia ‿ sem blé

dia ‿ sem blé

dios‿semblable

dios‿semblable

dieu‿dissemblable

dieu‿dissemblable

dieu‿dissemblable

dys - eu en babel

dys - eu en babel

bubble

babble

babel

baby

bible

boy

she was a little girl
and she had a little curl
and she was a little girl
and she had a little curl
and she was a little girl
and she had a little curl
and she was a little girl
and she had a little curl
A N D S H E D R A N K C O C O A
she was a little girl
and she had a little curl
and she was a little girl
and she had a little curl
and she was a little girl
A N D S H E D R A N K C O C O A
she was a little girl
and she had a little curl
and she was a little girl
and she had a little curl
A N D S H E D R A N K C O C O A
she was a little girl
and she had a little curl
and she was a little girl
A N D S H E D R A N K C O C O A

she was a little girl

and she had a little curl

A N D S H E D R A N K C O C O A

she was a little girl

A N D S H E D R A N K C O C O A

A N D S H E D R A N K C O C O A

A N D S H E D R A N K C O C O A

K Á K O ‿ K Á L O ‿ C Ó C A ‿ C Ó L A

kekk

okex

kalokex

keilo keio kleio l'keio

k'leiko

-

laquer

-

lacko'

-

jack o' diamonds

lack o' <u>daemones</u>

lack o' diamonds

lack de quack

lack de signs [si-n]

I like em pills

I like em pills

I like em pills

I like em pilllllllllsner beer

all I can piss

all I can piss

all I can piss

I like em pilllllllllsner beer

I like em

I like em

dick duck

dick duck

I like em

I like em

dick duck

dick duck

dick duck

kekko - kequack - kekko - quackokkex

dick duck

dick duck

kekko - kequack - kekko - quackokkex

dick duck

dick duck

dick ducks frog - ugly/duckling/

froggly/wugling/fruggly/wocklin/fuckly/

dogling/fuckly/wocklin/fruggly/

wugling/froggly/duckling/ugly/frog

ducks

dick fuck

fick duck

dick fuck

fick duck

dogling/fuckly/wocklin/fruggly/wugling/

froggly/duckling/ugly/frog//ducks/

/frog/ugly/duckling/froggly/wugling/

fruggly/wocklin/fuckly/dogling

dick duck

dick duck

dick duck

dick da

di da

di da

di a

i a

i a

e i

o u

a e i o u / a e i o u /

a e i o u / aaaaaaaaaaaaaaaaa

e i o u // a eeeeeeeeeeeeeeeee →

i o u aaaaaaaaaaaaaaaaa →

e iiiiiiiiiiiiiiiii →

o uuuuuuuuuuuuuuuuu

aaaaaaaaaaaaaaaaa

eeeeeeeeeeeeeeeee

iiiiiiiiiiiiiiiii

a‿e‿i‿o‿u

prayer

where is wheeley
wheeley where are you
where is wheeley's wife
wheeley's wife where are you

prayer

where is free wheeley
free wheeley where are you
where is free wheeley's free wife
free wheeley's free wife where are you

prayer

where is free wheeley free
free wheeley where are you free
where is free wheeley's free wife free
free wheeley's free wife where are you free

prayer

where is free will wheeley free will
free will wheeley where are you free will
where is free will wheeley's free will wife free will
free will wheeley's free will wife where are you free will

prayer

RETRO ME SATANUS RETRO ME (OM)

SATURANUS METRO RESARTOR (OM)

MATRE ROTAS (OM) ROTAS MATRISH (OM)

TENET ILLEGIBL(OM) PATER NOSTR'(OM)

PAR TERRE NOS TERRES (OM)

MATER NOSTRA (OM) ETERNOS

PATER (O

M

MARY HAD A LITTLE LAMB (OM)
IN THE MIDDLE OF HER (OM)

ETCETR(OM)

AD(O

MAMMAMIIIIAAA

INFINIT(O

M

M

inhalt

der künstliche baum

1 visuelle gedichte

2 ein lesetext

3 lese- und sprechgedichte

Zusammengestellt: September 1969.

Die vorliegende Ausgabe von Ernst Jandls Gedichtband »der künstliche baum« folgt unverändert dem Abdruck dieses Buches in Jandls »poetischen werken«, Band 4, S. 7–153, aus dem Jahr 1997. »der künstliche baum« ist als Band 9 der Sammlung Luchterhand 1970 zum ersten Mal erschienen.

Sammlung Luchterhand – das literarische Taschenbuch

Ernst Jandl, Letzte Gedichte

Originalausgabe. 128 Seiten.

DM 18,50 / ab 1.1.2002 € (D) 9,50

Sammlung Luchterhand 2001

Ernst Jandl, peter und die kuh

Gedichte. Ca. 160 Seiten.

DM 19,50 / ab 1.1.2002 € (D) 10,00

Sammlung Luchterhand 2020

Klaus Siblewski, Telefongespräche mit Ernst Jandl

Originalausgabe. Ca. 192 Seiten.

DM 18,50 / ab 1.1.2002 € (D) 9,50

Sammlung Luchterhand 2018

Ulrike Draesner, für die nacht geheuerte zellen

Gedichte. Originalausgabe. 144 Seiten.

DM 19,50 / ab 1.1.2002 € (D) 10,00

Sammlung Luchterhand 2004

Günter Grass, Die Vorzüge der Windhühner

Gedichte und Zeichnungen. Ca. 80 Seiten.

DM 16,50 / ab 1.1.2002 € (D) 8,50

Sammlung Luchterhand 2013